KB211235

내일부터
행복할 예정입니다

내일부터
행복할 예정입니다

도기 에세이

나를 아끼는 101가지 방법

히읏

차례

1장

행복한 하루를 만들어주는 것들

내일부터 행복할 예정입니다 … 010
관계에 진심인 사람 … 012
성실 … 013
아이 같은 사랑 … 014
혼자만의 밤 … 016
용기 … 018
높이 … 020
마음 정리 … 022
관성 … 024
우리의 새로움 … 026
파도와 우리 … 028
당신이라서 … 029
잊게 되는 것들 … 030
진짜 친구 … 031
아침 인사 … 032
행복의 재료 … 033
꼭대기 … 036
네 사진 … 038
쉬어갈 자격 … 040
내 마음 … 044
울보 … 046
약속 … 049
봄밤 … 050
내가 지금 행복한지 확인하는 법 … 052
타인과 나 … 054
좋은 사람 … 056
숨 막히게 … 058

2장

당신이 가장 빛날 순간

단 한 사람 … 062
뒷모습 … 064
함께할 준비 … 066
견뎌 볼래 … 068
마법 같은 일 … 070
실망 … 072
나에게 … 076
계절의 속도 … 078
그해 우리의 기억 … 080
표현 … 082
구원 … 084
위로 … 086
손 … 088
당신이 가장 빛날 순간 … 090
세상에서 가장 작은 파도 … 091
소중한 존재 … 092
한순간도 빠짐없이 … 095
청춘 … 096
한 번 … 098
내 편 … 100
사랑이라는 이유로 … 104
한마디 … 106
위로의 말 … 108
다정과 노력 … 110
나를 아끼다 … 112
닮아가는 일 … 114
블라인드 … 116
그대들 … 118

3장

마음을 예쁘게 청소하는 날

혼자 … 122
낭비 … 124
추억 … 126
사랑과 일상 … 127
아이 … 128
선물이라는 마법 … 130
무지개 … 132
미워 … 134
당신은 무엇을 위해 … 138
여전히 … 140
다퉈야 한다 … 141
눈치 … 142
유효기간 … 144
행동 … 146
청소하는 날 … 148
충분한 세상 … 150
미꾸라지 … 154
무례한 사람한테는 무례해도 돼 … 158
절대로 되돌릴 수 없는 것들 … 160
사람을 공부하는 일 … 161
미래 … 162
안 괜찮아 … 163
그대로 있어 … 164
지나간 행복 … 166
기다려주는 사람 … 168
건강한 관계 … 170
좋아하게 된다는 건 … 171
봄 … 172
동행 … 174

4장

하이라이트 같은 삶

삶을 바꾸는 마법 같은 일 … 178
허수아비 … 180
별거 아니야 … 182
걱정 … 184
변화 … 185
눈물 … 186
나무라지 말아요 … 188
정이 많은 사람 … 192
하늘을 봐 … 194
이별 생각 … 196
미루지 않기 … 197
생각나는 사람 … 198
확인 … 202
인연 … 204
정답 … 206
행복한 관계 맺으며 살아가는 법 … 210
굳이 … 212
눈물나는 말들 … 213
깍지 끼기 … 214
외로움의 얼굴 … 216
후회 … 218
하이라이트 … 219
바람 … 220
반복하지 않아야할 것 … 222
세잎클로버 … 224
회상 … 228
공감 … 230
행복 … 232
선택 … 234
찻잔 … 236
시절 인연 … 238

1장

행복한 하루를 만들어주는 것들

내일부터 행복할 예정입니다

많은 사람이 말합니다
지금 행복해야 한다고요
저도 그 말 참 좋아합니다
지금이 가장 중요하니까요

하지만 그런 말로는
힘이 나지 않을 때가 있습니다

지금까지 계속 힘들었는데
어떻게 5분 만에 행복해지겠어요

그럴 때면

우리 이렇게 생각하는 건 어떨까요?

“내일부터 행복해지자

힘든 일은 딱 오늘까지고

내일부터 행복해지는 거야”

그렇게 말하는 순간

내일부터 좋을 일이 일어날 것 같은

기분이 듭니다

지나간 어제는 어떻게 할 수 없지만

앞으로 다가올 내일의 기분은

우리가 정할 수 있습니다

당신은

내일부터 행복할 예정입니다

관계에 진심인 사람

관계에 서툴다고 답답해하지 말아요. 사람들의 말에 너무 쉽게 다친다고 자책도 하지 말아요. 오히려 날카로운 말을 뱉는 사람, 무례한 말과 행동을 계속하는 사람이 관계에 미숙한 사람들이라고 생각해요. 그런 사람들은 관계 앞에서 노력조차 하지 않는 사람, 그러므로 안쓰러운 사람들이니까요. 그보단 당신이 그만큼 좋은 사람인 거라고, 관계에 진심인 사람이라고 생각하세요. 그리곤 행복만 하세요. 좋은 사람은 좋은 사람들과 좋은 나날만 보내야 하니까요.

성실

나는 당신이 가끔
사랑하는 사람에게 전화를 걸어
힘들다고 슬프다고 위로가 필요하다고
눈물을 펑펑 흘리면서 말할 줄 알았으면 좋겠다

아픔이 오래 쌓여서 썩어버리기 전에
제때 치우고 청소하는 사람
당신의 행복에 성실한 사람이라면 좋겠다

가끔은 기대도 된다
당신을 위해서 기대야 한다

아이 같은 사랑

사람들은 어른스러운 사랑이 좋다고 말하지만, 나는 유치한 사랑이라도 너와 함께라면 다 좋아. 비슷하게 생긴 옷을 입고 세상에 우리 둘만 있는 것처럼 동네를 걸어 다니자. 학교 앞에나 있을 법한 작은 가게에 들어가서 수수한 음식을 맛있게 나눠 먹자. 웃긴 표정을 짓기도 하고 서로의 볼을 꼬집기도 하면서 사진을 찍자. 적당한 곳에 자리를 잡고 앉아서 해가 지는 걸 바라보자. 그리고 밤이 찾아오면, 내일은 또 뭘 하고 놀면 좋을지를 다시 오래오래 이야기하자. 그렇게 하루가 가고 일 년이 가고 십 년이 흘러도 우리는 계속 아이 같은 사랑을 하자. 언제까지나 서로의 청춘이 되어주자.

혼자만의 밤

어떤 말도 필요 없는 밤이 있다

응원한다는 말도 밥 먹었냐는 말도
걱정된다는 말도 푹 잠들라는 말도
마음 깊은 곳까지 닿지 않는 밤이 있다

그런 밤에는 나와 친해져야 한다

내 슬픔을 내가 잘 알아주고

그 슬픔이 하는 말에 귀 기울여야 한다

내 한숨 소리에 대답해 주고

내 팔로 내 몸을 안아줘야 한다

때로는 온전히 혼자서

극복해야 하는 순간도 있다

용기

✳

학창 시절 이성에게 인기가 거의 없었다. 딱히 잘난 게 하나도 없었기 때문이다. 공부도 외모도 운동 신경도 뭐 하나 특출난 것 없이 평범했다. 나 자신을 꾸밀 줄도 몰랐고 어떻게 해야 매력적으로 이성에게 다가갈 수 있는지 몰랐다. 내 고백은 번번이 실패했다. 그렇게 성인이 되고 난 뒤에 조금씩 나 자신을 꾸미는 방법을 알아갔다. 좋아하는 사람에게 어떻게 다가가야 부담스럽지 않은지 공부하기 시작했다. 그렇게 시작된 사랑은 순조로워 보였다. 하지만 이루어질 수 없어서 첫사랑이라고 했던가. 얼마 지나지 않아서 이별했다. 내가 사랑했던 사람이 바람을 피웠다. 그 사실을 처음 알았을 때 세상이 무너지는 줄 알았다. 처음 하는 이별이었으니 더욱 힘들었다. 정신을 차리지 못하는 날이 반복되다 결국 이런 결론에 도달했다. 내가 못났기 때문이지. 내가 부족하고 잘난 게 없었기 때문이지.

그 뒤로는 누군가를 사랑하려는 마음이 커질 때마다 두렵기 시작했다. 저 사람도 나를 떠나면 어떡하지? 버림받으면 어떡하지? 상처받으면 어떡하지? 이런 마음이 사랑하는 마음보다 먼저 커지기 시작했다. 어쩌면 평생을 함께할 수도 있는 사람일지 모르는데 지레 겁부터 먹고 마음을 접었다. 도무지 용기가 나지 않아서 많은 사람을 놓쳤다.

두려워하지마. 두려워하지 않아도 돼. 수없이 외쳐도 잠시뿐 두려움은 쉽게 사라지지 않았고 용기는 쉽게 생기지 않았다. 어쩌면 용기란 두려움이 없는 게 아니라 두렵지만 그보다 더 소중한 것이 있음을 아는 게 아닐까? 이별이 무서워도 사랑하면서 느끼는 행복을 위해 덥석 손을 잡는 것처럼 말이다.

높이

높이에 집착하는 사람들과는 거리를 두고 싶다. 본인이 높은 곳으로 가지 못하니 다른 사람을 끄집어 내리고 깎아내리려 험담하는 사람들. 어쩌다 높은 곳에 있게 될 때는 자신보다 아래에 있는 사람들을 깔보는 사람들. 그들이 혹시라도 가까이 올라오는 게 겁이 나 언제라도 그들을 짓밟는 말과 행동을 일삼는 사람들. 그보단 마음속에 자존감이라는 단단한 기둥을 갖고 있는 사람들과 함께하고 싶다. 나 자신이 중요한 만큼 당신도 중요하다고 생각해 주고 진심으로 타인을 축하하고 걱정해 주는 사람과 함께라면, 모든 마음을 터놓고 외롭지 않은 삶을 살아갈 수 있을 것 같다.

어쩌면 내가 듣고 싶었던 위로는
"넌 할 수 있어"가 아니라
"넌 할 만큼 했어"가 아니었을까

마음 정리

언젠가는

밥 먹듯 쉽게 해내던 일들도

어려워지는 때가 올 거고

당연하게 여겼던 것들마저

안간힘을 써야만 지킬 수 있을 때가

내게도 오고야 말 텐데

그렇게 점점 약해지고

초라해지는 내 곁에는

과연 어떤 사람들이 남아 있을까?

그런 생각을 해보면

꽤 많은 것이 정리되기 시작한다

생각이든

사람이든

관성

마음이라는 게 그렇다
누군가를 사랑하기 시작하면
끝도 없이 사랑을 키워갈 수 있고
누군가가 미워지기 시작하면
다시는 안 볼 것처럼 끝없이 미워진다

한 번 미워졌던 누군가를
다시금 내 사람으로 받아들이는 일이
무엇보다도 어려운 건
이런 이유 때문이 아닐까

우리의 새로움

가끔 나는 그게 궁금해
사람들은 뭐가 그렇게 부족하고 따분해서
그렇게 매일 새로운 것을 찾는 걸까?

비싼 식당도 새로 생긴 멋진 카페도
시끄러운 놀이공원도 유행하는 옷 가게도
결국에는 다 낡아갈 텐데
왜 저렇게 부지런하게 지루해하는 걸까?

당신만 내 옆에 있으면 나의 하루는
눈 녹듯이 금방 사라져 버리고

늘 처음인 것처럼 맛있고 멋있어지는데 말이야

앞으로도 오랫동안 나의 매일은 그럴 거야
우리가 같은 마음이라면
우리는 오래오래 행복만 할 수 있을 거야

우리 사랑은 절대 낡지 않을 거야

파도와 우리

앞으로도 내가 세상의 모진 나날들을 견뎌낼 수 있을지 확인하는 방법은 간단하다. 바로 내 주변에 그 아픔을 공유할 사람이 있는지 없는지 둘러보는 것. 아무리 몸을 가눌 수 없을 정도로 커다란 파도가 나를 덮치더라도, 그런 나를 옆에서 잡아주는 사람이 한 명이라도 있으면 버티고 서 있을 수 있을 테니까.

당신이라서

당신 얼굴을 볼 때마다 나는 더없이 행복해지지만

그 얼굴이 보이지 않는다고 해도 나는 외롭지 않아요

아침에 눈을 뜨자마자 생각나는 사람이 당신이라서

밥은 챙겨 먹었는지 물어봐 주는 사람이 당신이라서

오늘도 고생했다는 말을 주고받을 수 있는 당신이 있어서

내 하루는 더없이 완벽해지곤 하니까요

고마워요

나의 매일이 되어 주셔서요

잊게 되는 것들

누군가는 지금도 나를 자랑스러워한다는 걸
내가 울 때마다 나만큼 울어주는 사람이 있다는 걸
내가 이룬 것들은 나의 노력과 능력 없이는
공짜로 얻을 수 있는 게 절대 아니었다는 걸
나만큼 나의 일에 진심인 사람은 없다는 걸
지금 감당하고 있는 눈물과 불안의 크기만큼
커다란 행복이 저 멀리에서 다가오고 있다는 걸

잊지 말아야 하는데
자주 생각하고 자주 웃어야 하는데
삶이 바쁘다는 이유로 너무 쉽게 잊곤 한다

진짜 친구

누군가와 진짜 친구가 되었는지를 알아보는 방법이 있어. 아무 말도 하지 않고 있을 때 둘 사이에 어색함이 흐르는지 아니면 편안함이 흐르는지를 가만히 살펴보는 거야. 어색함이 흐르는 사이에선 서로 무슨 말이라도 쥐어짜느라 두 사람 모두 기진맥진해지곤 하지만, 편안함이 흐르는 사이에서는 가만히 있어도 마음이 충전되고 심심해지지 않더라. 그런 의미에서 너는 나의 가장 친한 친구일 거야. 너와 함께일 때마다 나는 재밌는 영화도 새로운 구경거리도 다 필요 없거든. 너를 만나는 날이 매번 나의 생일처럼 행복하거든.

아침 인사

어제 아침에는 늦게 일어나서 행복했고
오늘 아침에는 일찍 일어나서 행복했습니다

늦게 일어났을 땐 당신의 아침 인사에
선물이라도 받은 것처럼 크게 두근거렸고
일찍 일어났을 땐 당신에게 잘 잤냐고
먼저 인사를 건넬 수 있어서 뿌듯했으니까요

내일은 내일의 아침이 온다는 게
이렇게 고마운 일이라는 걸
당신 덕분에 알았습니다

행복의 재료

커튼을 뚫고 들려오는 새 소리

엘리베이터에서의 짧은 눈인사

생각나서 사 왔다며 건네는 작은 간식

오늘의 날씨와 잘 어울리는 노래 한 곡

바쁜 분위기를 녹여주는 농담 한마디

어쩌면 비싸고 희귀한 것들보다

그런 수수하고 흔한 것들이

나의 행복한 하루를 만들어주는 게 아닐까?

고생한 만큼

좋은 일들 많이 생길 거야

꼭대기

산을 오르는 사람들이
언제 가장 힘들어하는 줄 알아요?
바로 꼭대기에 거의 다 왔을 때예요

실제로 제일 높은 곳에 왔으니
가장 힘든 게 당연한 법이잖아요

그러니 우리의 오늘이 너무 힘들고
더는 버틸 수 없을 것만 같다는 생각이 들면

곧 평화로운 나날을 보내게 되겠구나

좋은 일도 신나는 일도 내 앞에 있겠구나 생각해요

한 걸음만 더 가보자고 서로의 등을 밀어줘요

그만큼 힘들다는 건

정상에 다 왔다는 뜻일 테니까요

네 사진

✳

시도 때도 없이 네 사진을 보는 내게 너는
똑같은 사진을 왜 그렇게 자주 보냐고 물었지

나는 곧바로 웃으면서 대답했어
네가 너무 보고 싶은데 내 옆에는 없을 때
퇴근 시간도 주말도 너무 멀었을 때마다
어쩔 수 없이 사진만 바라보는 거라고

그리고 이미 몇백 번은 본 사진이지만
볼 때마다 내게만큼은 새롭게 다가온다고
어제는 보조개가 예뻤는데

오늘은 눈썹이 참을 수 없을 만큼 예쁘다고

너는 내가 가장 좋아하는 풍경이나 책처럼
볼 때마다 반하게 되는 사람이라고

쉬어갈 자격

오늘도 쉽지 않은 하루였죠?

어쩌면 최악이라고 느껴졌을지도 몰라요

나는 왜 이렇게 부족한 걸까 자책했을지도 모르죠

하지만 알아주셨으면 해요

열심히 하지 않는 사람들은 흔들리지 않아요

자기 일에 최선을 다하는 사람들만이

지금 내가 잘하고 있는지

똑바로 살고 있는지를 끝없이 고민하죠

그러므로 당신 스스로는 아니라고 생각할지 몰라도
내게만큼은 오늘 당신이 최고랍니다
크게 넘어질 만큼 최선을 다했을 테니까요

넘어진 김에 누워서 쉬었다 가요
다른 사람은 몰라도 당신에겐 그럴 자격 있어요
내일의 당신은 오늘보다 반짝일 거예요

내 마음

요즘 들어서 제일 힘든 건
쌓인 감정도 하고 싶은 말도 많은데
정작 들어줄 사람이 없다는 것이다

참 이상한 건
막상 누가 이야기를 들어주겠다고 하면
할말은 많은데 용기가 나질 않는다

이러지도 저러지도 못하는
내 마음

나를 위해 울어줄 사람을 만나자

그리고

그 사람을 절대 울리지 말자

울보

부모님의 젊었을 적 사진을

오래된 지갑과 함께 잃어버린다든가

헤어진 연인과의 추억이 담긴

오래된 핸드폰이 망가져 버릴 때마다

친구와 매일 같이 드나들었던

오래된 식당이 폐업한다든가

나를 생각해서 만들어준 밑반찬이

다 상해버렸다는 걸 뒤늦게 알아챌 때마다

나는 스무 살이 넘어서도

세 살 아이처럼 울게 된다

누군가가 더없이 소중해진다는 건

그만큼 눈물 흘릴 일이 많아진다는 뜻일지도 모른다

약속

사랑을 시작하기 전에 나 스스로와 약속을 해야 한다. 누구를 만나 어떻게 사랑하든 그를 바꾸려고 억지부리지 않을 것. 내게는 좋은 것이 그 사람에게는 싫은 것이 될 수도 있다는 걸 기억할 것. 사랑은 둘이서 하나가 되어 행복해지는 것이 아니라 행복한 두 사람이 되는 일이라는 것을 잊지 말 것. 옳고 그름을 가리기보단 언제까지나 서로의 세계를 여행하는 마음으로 사랑만 할 것.

봄밤

좋은 사람으로 지내는 일에도
많은 에너지가 필요하다는 걸
너는 가끔 잊고 지내는 것 같아

그래서 누구에게도 티 내지 않고
집에 도착해서야 무너지고
침대에 누워 울기만 하는 거잖아

가끔은 쉬어도 돼

오늘은 당신을 챙겨줄 수 없고

어떤 부탁도 들어줄 수 없다고

솔직하게 말해도 돼

따뜻한 봄에도 해는 매일 지는 것처럼

따뜻한 마음을 잠깐 보여주지 않는다고 해서

그날로 너의 봄이 끝나는 건 아닐 거야

내가 지금 행복한지 확인하는 법

밥을 먹고 옷을 입고 집을 나서고
일을 하거나 사람을 만날 때
현관문을 열고 잠자리에 들 때

한숨을 쉴 때가 더 많은지
웃음 지을 때가 더 많은지를 세어보기

가고 싶은 곳이나 하고 싶은 일이 있는지
스스로에게 물어보고 답해보기

좋은 것들을 누릴 때마다

함께하고 싶은 얼굴이 있는지 생각해 보기

타인과 나

누군가가 나를 안 좋게 말한다고 해서
내가 나쁜 사람이 되는 게 아니고
또 나에 대해서 좋게 말한다고 해서
내가 좋은 사람이 되는 게 아니다

하나부터 열까지 타인의 말에 의미를 부여하게 되면
'나'라는 사람의 주체는 점점 줄어들게 되고
'나'라는 사람의 정의도 '타인'이 결정하게 된다

타인의 언행에 쉽게 휘둘리지 않고
스스로 지켜낼 줄 아는 사람이 되어야 한다

힘든 상황인데
힘을 어떻게 내
그냥 힘내지 마
좀 쉬어

좋은 사람

탄산음료나 패스트푸드 음식들은

먹기 전에는 기분이 좋지만

정작 먹고 나면 속이 더부룩하다

하지만 정겨운 집밥을 먹는다면

먹기 전에는 설레고 좋은 감정은 없겠지만

먹고 나면 배가 든든해지는 것을 느낄 수 있을 것이다

사람을 만나는 일도 이와 같다

만남의 시작보다는

끝이 즐거운 사람을 만나야 한다

집으로 돌아가는 길에 언제나 미소를 짓게 하는 사람

그런 사람이 당신의 삶에 좋은 영양분을 주는 사람이다

숨막히게

✻

어떻게 보면 뻔했다

주말에 만나 밥을 먹고
최신 영화를 봤다

커피를 마시고
서점을 구경하거나
날씨가 좋으면 거리를 걸었다

대화의 주제도
시시콜콜한 얘기들뿐이었다

이번 주에는 뭐했는지
영화는 어땠는지 같은 것들

이 모든 것이
특별한 거냐고 물어본다면
쉽게 답할 수 없다
사실 특별한 것보다는
평범한 것에 가까우니까

하지만 그리 특별하지 않아도
함께 있어서 좋았다
지금 생각해 보면
숨 막히도록 행복했었다

2장

당신이 가장 빛날 순간

단 한 사람

시간이 어떻게 흘러가는지 모르겠습니다

하루, 일주일, 한 달 흘러가는 속도가

점점 더 빨라지는 기분입니다

가끔은 체력의 한계를 느끼기도 하고

마음을 회복하는 힘이

예전보다 약해진 기분도 듭니다

아마 많은 사람이

사는 게 벅차겠죠?

무엇이 있어야 조금 더 살만할까요?

어쩌면 단 한 사람일지도 모릅니다

아무리 벅찬 인생이라도
생각만 해도 미소가 지어지는 그런 사람요

한 명쯤 마음에 담아두고 산다면
벅찬 인생도 제법 살만할 것입니다

뒷모습

얼마나 사랑했냐고요?

그 사람이 여기 있을 리가 없다는 걸 알면서도
다시는 그때의 우리가 될 수 없다는 걸 알면서도

그저 누군가의 뒷모습이
그 사람의 것과 닮았다는 이유로

잘 지냈냐고 나는 잘 지냈다고
보고 싶었다고 아직도 사랑한다고
인사를 건넬 수 있을 만큼요

올 사람은 오고
갈 사람은 간다
낮도 가고 밤도 간다
머물지 마라
인생은 가고 또 가는 것

함께할 준비

혼자가 됐다고 해서

혼자가 된 너를 망가뜨리기보단

혼자가 되었으니 더욱

스스로를 더 잘 챙겨주는 당신이 되기를

평소보다도 더 좋은 것을 먹고

당신에게 잘 어울리는 옷을 골라서 입기를

당신의 불안과 우울을 누구보다도 더 잘 간호하기를

스스로를 더 잘 챙기는 사람이 돼야

미래의 누군가와도 서로에게 다정해질 테니

몸과 마음을 깨끗하게 닦아놓아야

앞으로의 관계도 더 예쁘게 빛날 테니

견뎌 볼래

인생이라는 여정은

때로는 거친 파도와 같아서

우리를 시험에 들게 하고

도전에 직면하게 만든다

인내는 단순히

시간을 견디는 것 이상의 의미가 있다

어려움과 고난의 연속에서도

목표와 꿈을 향해

계속 전진하겠다는 용기가 숨어있다

쓰러지지 않고 버티는 것만으로도
앞으로 나아가고 있는 것이기 때문이다

때로는 인생이
너무 가혹하게 느껴질 수 있지만

지나간 시련들은
우리의 삶을 더 풍부하게 만든다
견디고 성장하고 배우면서
우리의 삶은 작지만 거대하게 바뀐다

도망치는 것도
맞서 싸우는 것도 때로는 필요하지만
인생의 대부분은 견디는 것이다
버티고 또 버티는 것이다

그렇게 견디다 보면 반드시 찾아오더라
인생이 술술 풀리는 날들이

마법 같은 일

어디서 왔는지도 모르는 사람이
갑자기 내 마음의 문을 활짝 열고 들어와
나를 놀라게 하고 웃게 만들고
나도 몰랐던 나의 표정을 알게 해주고
결국은 그 사람과의 미래까지
꿈꾸게 만드는 것을 보면

세상의 수많은 일들 앞에서
그럴 수 있겠구나 생각하게 된다

전에는 믿지 못했던 것들도

한번 믿어볼까 생각하게 된다

이렇게 말도 안 되게 좋은 사람과
이렇게 말도 안 되게 좋은 사랑을 하니까
세상에 이토록 신비로운 사랑도 있다니까

어딘가에서는 정말
마법 같은 일들도 일어나고 있을 것 같다

실망

✽

실망이라는 단어는 무섭다

밉다는 것도 아니고
싫다는 것도 아니고
여전히 넌 내 사람이지만
그럼에도 불구하고
마음이 몹시 상했다는 뜻이니까

사랑하는 사람을
단 한 번도 실망시키지 않을 수는 없다
오히려 그렇게 생각하면 생각할수록

더 안 좋게 흘러갈 뿐이다

진심으로 사과하고

다시는 반복하지 않으면 된다

가끔은 별도

꽃에게 실망한다

좋은 사람이 되려다가

만만한 사람이 되어버렸다

앞으로는 나만 생각할 것

나에게

가벼운 서운함은

웃어넘길 줄 알기

힘들 때 쉬어갈 수는 있어도

무너지지는 않기

아플 땐 아프다고 말하며

가끔은 눈물을 흘리기도 하기

그리움과 후회보다는

감사와 소중함을 더 기억하기

쓸데없는 불안함에 마음 졸이지 않는

단단함을 나에게 주고 싶다

계절의 속도

4월이 되면 거리가 온통 하얗게 물든다

벚꽃이 피기 때문이다

벚꽃이 지고 나면
5월, 담벼락 곳곳에 장미가 피기 시작한다
세상이 온통 붉은색 천지다
빨갛게 피어오르던 장미가 지고 나면

7월, 곳곳에 주황색으로 핀
능소화를 볼 수 있다

꽃조차도 피는 시기가 다 다르다

하물며 사람은 어떨까

꽃처럼 사람도

봄이 오는 시기가 다 다르다

그러니 다른 사람과 비교하지 말기를

봄이 안 오는 게 아니라

조금 늦게 오고 있는 거니까

그해 우리의 기억

오랜 시간이 지나도
잊히지 않는 이름이 있다
이름만 떠올렸을 뿐인데
마음이 저릿해지고
눈물이 맺히는 사람
가장 못난 시절에
평생을 함께하고 싶었던
내 삶에 두 번 다시 없을
찬란한 순간을 만들어준
그런 사람이 있다

표현

너에게 맨날

보고 싶다고 말하는 건

할 일이 하나도 없어서

만날 사람이 하나도 없어서

시간이 넘쳐 흘러서도 아니야

나도 해야 하는 일이 있고

만날 사람도 있고

시간이 부족할 만큼 바쁘지만

어떻게든 너를 볼 수 있다면

잠깐의 시간을 내서라도

나의 마음을 표현해 주고 싶은 거야

비록 몸은 이렇게 멀리 떨어져 있어도

우리의 마음은 그 누구보다 가까이

이어져 있다는 게 좋아서 그래

너와 아무리 떨어져 있더라도

이 마음의 거리만큼은

절대 멀어지고 싶지 않으니까

구원

우울이라는 감정은 늪과 다를 게 없다
늪에 멍하니 가만히 서 있으면
나도 모르는 사이 점점 더 깊은 곳으로
빨려 들어가는 것처럼
잠깐 스치는 부정적인 생각을 계속하다 보면
점점 커다란 덩어리가 되어 머릿속을 지배하고
무기력한 마음은 도통 나아질 기미를 보이지 않는다

그래서 우울이라는 감정이 찾아왔을 때는

최대한 그 감정에 빠지지 않으려 도망쳐야 한다

좋아하는 것을 찾아서 하거나
웃을 수 있는 일들을 찾으면서
내 기분을 신경 쓰고 나를 열심히 챙겨주는 것이다

그렇게 더 깊은 늪으로 빠져들지 않도록

내가 나를 구원해 줘야 한다

위로

그런 날이 있다

묻고 따지지도 않고
그냥 아무런 질문 없이

맹목적으로 위로받고 싶은 날
나도 어떤 말을 듣고 싶은 건지
사실 잘 모르겠지만
그냥 진심으로 위로받고 싶은 날

손

기대가 크면 실망이 크다는 말이 있습니다.

그렇다면 우리는 어떤 순간에 가장 많은 기대를 할까요. 그건 바로 사랑하는 사람에게 기대할 때입니다. 오늘은 조금 더 예쁘게 말해주지 않을까, 먼저 보고 싶다고 말해주지 않을까, 특별한 날이니까 좋은 곳을 예약하지 않았을까, 나를 위해서 무언가를 포기할 수 있지 않을까 하고요. 하지만 그 바람은 대부분 이뤄지지 않습니다. 나 혼자서 생각하고 혼자서 기대하는 일이니까요.

가까운 사이일수록 오히려 속으로 말하게 됩니다. 상대방이 나와 똑같은 생각을 하고 있다는 생각을 하면서요. 그렇지만 마음이라는 건 표현하지 않으면 절대 알아줄 수 없습니다.

아무리 가까운 사이에도 가장 알 수 없는 것이 마음이니까요. 물론 어느 정도 짐작은 할 수 있겠죠, 하지만 그것은 정확한 이해가 아닌 단순한 예측에 불과할 것입니다. 그러니 무엇을 기대하기 전에 한 번쯤은 생각해 보셨으면 좋겠습니다.

사랑한다는 이유 하나만으로 그 사람에게 너무 많은 것을 기대하고 있는 건 아닌지요. 누군가 나의 마음을 알아주길 바란다면 먼저 손을 내밀어 보세요. 어쩌면 상대방도 그 순간만을 기다리고 있을지도 모르니까요.

당신이 가장 빛날 순간

지나온 과거에 발목이 잡혀

현재의 시간을 낭비하지 말고

머나먼 미래의 일들을

미리 걱정하고 불안해하며

지금, 이 순간을 망치지 마세요

당신이 가장 행복할 수 있고

빛날 수 있는 순간은

과거도, 미래도 아닌

지금, 이 순간입니다

세상에서 가장 작은 파도

홀로 먼 길을 돌고 돌아

참고 견디던 마음의 조각들은

햇볕에 비춰 반짝거리는

아주 작은 돌멩이에 부딪혀

툭 울음을 터트리게 된다

세상이라는 곳에서

커다란 바다인 줄 알았던 내가

작은 바위 하나에도

울음을 터트릴 만큼

얼마나 작은 파도였는지

알게 되는 순간이었다

소중한 존재

소중한 존재가 생겼을 때 제일 처음 드는 감정은
두근두근 떨리는 설렘이 아니라
그가 언제 사라질지 모른다는 두려움이다

사랑하지 않고 별로 기대하지 않는 사람에게는
어떠한 마음도 생기지 않지만
그 존재가 내 삶을 뒤흔들릴 만큼 소중하니까
이런 존재를 잃어버릴까 싶어 겁이 난다

어떤 사람은
자신의 전부를 잃어버릴 수도 있다는 생각에

그 사람을 포기하고 돌아서기도 하지만

또 다른 사람들은

자신의 전부를 잃어버려도 좋으니

기꺼이 함께하기 위해 몸을 던진다

누군가 당신을 소중한 존재라고 말한다면

그건 그 사람이 전부를 다 잃어도 좋을 만큼

당신을 아끼고 사랑한다는 뜻이다

한순간도 빠짐없이

누군가 당신에게 괜찮아? 라고 물어보는 건

지금 당신을 많이 걱정하고 있다는 말이고

누군가 당신에게 행복해? 라고 물어보는 건

지금 당신이 많이 불안해 보인다는 말이고

누군가 당신에게 그래도 돼 라고 말하는 건

어떤 상황에서든 당신을 믿는다는 말이고

누군가 당신에게 잘했어 라고 말하는 건

그동안의 노력이 헛되지 않았음을 알아주는 말이다

누군가가 당신에게 자꾸 질문을 건네는 건

한순간도 빠짐없이 당신을 신경 쓰고 있었다는 뜻이다

청춘

청춘이라는 것이 무엇인지 제대로 알 수 없을 때
바로 그때가 청춘의 한가운데라고 합니다
그래서 그게 얼마나 가치 있는지 제대로 알지 못하고
언제 사라질지 아무도 알 수 없습니다

하지만 청춘이라는 건 흐르는 시간이 아닙니다
내 마음의 맑기입니다

여전히 많은 것에 두근거리고
언제나 배울 준비가 되어 있고
항상 낭만적으로 살려고 한다면

십 년 전에도 그리고 며칠 전에도
어제도 오늘도 청춘인 것입니다

지금, 이 순간에도 당신은
여전히 청춘을 보내고 있습니다

우리의 순간은 언제나 푸르고 반짝이고 있습니다

한 번

너무 힘들어서 다 놓아버리고 싶을 때 한 번만 참고 나면 일이 잘 풀리기도 했다. 힘들어서 주저앉고 싶을 때도 한 걸음만 더 옮겨보면 근사한 경치가 펼쳐지곤 했다. 허전하다는 이유로 아무나 만나기보단, 한 번만 더 내 마음의 소리에 귀 기울이고 나면 곧 정말 좋은 사람이 눈앞에 나타났었다. 뭐든 한 번 더 참고 한 번 더 해보고 한 번만 더 기다려보는 게 중요한 것 같다. 그러니 당신도 매섭고 차가웠던 오늘을 한 번만 더 견뎌보기를. 어쩌면 모든 것이 새롭게 바뀌기 전 마지막 날이 오늘일지도 모르니까.

진심 없는 인간관계에 고민하면서
보내는 시간은 정말 무의미하다

내 편

마주치는 모든 사람이 나의 불행을 바라는 것 같은 날이 있습니다. 모두가 내 앞길을 막고 내게 안 좋은 표정만 보여주죠. 그런 날에는 일도 잘 안 풀리고 잠도 잘 안 오고 어디서 무엇을 하든 지치기만 합니다. 날씨도 너무 춥거나 덥게만 느껴지고 들려오는 모든 노래가 소음처럼 들립니다.

그럴 때는 가만히 눈을 감고 먼 곳을 생각합니다. 저 멀리 어디선가는 나의 행복을 바라는 사람, 언제라도 나를 보고 싶어 하는 사람이 있다고 생각하면, 불쾌한 마음은 말끔히 사라지고 잠깐이라도 웃을 수 있게 됩니다. 뒤늦게라도 더 좋은 하루를 보내려 노력하게 됩니다.

고맙습니다. 내 편이 되어 주셔서요.

네 인생에 주인공은 너인데

왜 조연 눈치를 봐

사랑이라는 이유로

여름의 바다를 좋아하는 이유와
겨울의 바다를 좋아하는 이유는
분명 다를 수 있겠지만

바다 그 자체를 좋아한다는 것은
아마 다르지 않을 거예요

사랑 역시 마찬가지입니다
오래전의 사랑과 지금의 사랑
그리고 미래의 사랑은
서서히 달라지거나

때마다 다르게 다가오겠지만

사랑은 사랑이라는 이유로

매일 나를 웃게 하고

계속 살게 해줄 테니까요

한마디

아프지 않았으면 하는 마음

더 잘됐으면 하는 마음

스스로를 잘 챙겼으면 하는 마음

늘 네 편이 돼주겠다는 마음을

꾹꾹 눌러 담아

"밥 잘 챙겨 먹어."

한마디로 건넬 줄 아는 사람

그런 사람의 한마디 한마디는

아무리 흔하고 투박하더라도

평생 듣고 싶다

위로의 말

힘내. 괜찮아. 잘될 거야. 고생했어. 오늘 하루도 힘들었지. 애썼다. 그럴 수도 있지. 잊어버리자. 행복할 거야. 잘하고 있어. 사람은 누구나 실수해. 모든 건 다 지나가. 넌 이겨낼 수 있어. 어둠 속에서도 별은 빛나. 너는 혼자가 아니야. 잠시 쉬어가도 괜찮아. 네 힘을 믿어. 넘어져도 괜찮아. 너만의 속도로 가면 돼. 슬픔도 아픔도 지나가는 거야. 꿈을 잃지마. 비교하지 않아도 돼. 포기하지마. 어제보다 잘하고 있어. 넌 충분해. 너는 소중해. 좀 쉬어도 괜찮아. 네가 자랑스러워. 잘했어. 넌 이미 충분히 멋져. 너의 가치는 변하지 않아. 난 항상 네 편이야. 너의 삶은 소중해. 너는 세상에 하나뿐인 존재야.

타인에게 건넸던 위로의 말은

사실

나 자신에게 가장 먼저 해줬어야 했다

다정과 노력

다정함을 타고난 사람보다
다정해지려 노력하는 사람이 좋다

딱딱한 표정과 말투로
평생을 살아왔던 사람이
내 앞에서는 한 번이라도 더
따뜻한 마음을 보이려 노력하는 모습은

그만큼 나를 신경 쓰고 있으며
사랑하고 있다는 증거가 돼 주니까

나를 아끼다

나이가 한두 살 들고
만나는 사람이 늘어가고
그들로부터 느끼는 게 많아질수록
사람을 점점 신중하게 만나게 된다

아무리 누가 좋아져도
호감의 전부를 보여주기보단
일부분만 보여줘 보기로 한다
있는 마음을 다 전하기보단
가장 소중한 한마디는 아껴보기로 한다

이제는 그렇게

나를 아프게 하지 않을 사람

내 곁에 오래 남아줄 사람에게만

내 마음을 선물하고 싶다

닮아가는 일

같은 동네에 산 적도 없고
나이도 취미도 다 다른 사람
하지만 우연한 기회로 가까워진 사람과

나란히 걸으며 이야기하다가
문득 깨달았어

그 사람의 왼발에는 나의 왼발
그 사람 오른발에는 내 오른발
나도 모르게 그 사람의 걸음걸이에
내 걸음을 맞추려 노력하고 있는 거야

어긋나 있던 걸음걸이가 맞춰지면
이상하게 기분이 좋아지는 거야

누가 내 마음에 들어오면 그렇게 되나 봐
무의식중에도 자꾸만 닮아가고 싶나 봐

블라인드

세상에는 너무 많은 소음이 존재하니까
한 번씩 눈을 감고
내 마음의 소리에 집중하는 시간이 필요하다
지금 나는 무엇을 원하고 있는지
내가 어떤 일을 했을 때 가장 보람을 느끼는지
또 어떤 순간에 가장 행복한지 말이다
남들이 좋아하는 것이 아니라
내가 진정으로 원하는 것들을 찾는 것이다
가끔은 그 누구보다 나를 믿어주며
자신의 소리에 귀를 기울일 필요가 있다

인생은 단순하다
우리 머릿속이 복잡할 뿐

그대들

살면서 무수히 많은 것과

끝맺음을 한다

직장을 그만둘 수도

학교를 졸업할 수도

한 달이 끝날 수도

한 해가 끝날 수도 있다

그럴 때면 늘

지나온 시간을 돌아보게 된다

열심히 했던 것 같은데
남은 건 아무것도 없는 것처럼
느껴진다

분명 길었던 시간인데
사소한 일은 기억나지 않을 만큼
아득하게 느껴진다

하지만 무엇이 됐든
지난 시간을 돌아볼 때
마음 한편이 따뜻해지는 건
내 곁에 있어 준 사람들 덕분이다

그대들이 있기에
충분했다

3장

마음을 예쁘게 청소하는 날

혼자

한 사람이 있었다. 그 사람은 사람을 좋아했다. 주변 사람들에게 무슨 일이 있다고 하면 발 벗고 나서서 도왔다. 마치 자신의 일처럼. 때로는 뭐 그렇게까지 하냐는 말을 들어도 괜찮았다. 내 사람이었으니까. 자신이 그 사람을 생각하는 마음의 크기만큼 그 사람도 자신을 좋아할 거라고 생각했다. 믿었다. 하지만 어느 순간부터 상처받는 일이 많아지기 시작한다. 서로의 마음의 크기와 믿음의 깊이가 다를 수도 있을 거라고 생각하려 애썼다. 하지만 아무리 생각해도 받아들여지지 않았다. 믿었기 때문이다. 결국 그 관계는 상처만을 남기고 끝났다.

사람을 좋아하던 사람은 동굴 속으로 들어간다. 사랑하

고 믿었던 사람에게 받은 상처는 몇 배나 더 아프기 때문이다. 한참 혼자만의 시간을 보내다 상처를 극복하고 다시 세상 밖으로 나온다. 좋은 사람을 보면 다시 한번 믿어보고 싶어진다. 아낌없는 나무처럼 다 주고 싶어진다. 다시 믿어도 될까? 싶은 생각이 피어오르지만 한 번 더 믿어보기로 한다. 무슨 일이 있다고 하면 발 벗고 나서서 돕는다. 자신의 일처럼. 자신이 가진 건 모두 나누려고 한다. 이번에는 절대 상처 받을 일이 없을 거라고 생각한다. 애석하게도 그 믿음은 오래가지 못한다. 다시 또 상처받는 일이 생긴다. 그 상처 역시 사랑하고 믿었던 사람이기에 몇 배나 아프다.

사람을 좋아하던 사람은 혼자 지내기 시작한다. 누군가는 그 사람을 보면서 혼자 지내는 걸 좋아하는 사람이라고 생각한다. 하지만 처음부터 혼자가 되고 싶지 않았다는 건 모를 것이다. 사람들에게 상처받느니 조금 쓸쓸한 편이 더 낫다고 생각하게 됐다는 것도. 혼자가 편한 사람은 사람에게 상처받은 사람이다.

낭비

사람이 살아가면서
많은 시간을 낭비한다고 합니다

낭비하는 시간의 대부분은
무언가를 고민하는데 씁니다
할까, 말까 고민하느라
정말 많은 시간과 걱정, 마음을 쓰는 거죠

잘 모르겠으면 그냥 해보는 게 어떨까요?
세상에 안 되는 일은 생각보다 없습니다
후회하더라도

해보고 후회하는 게 훨씬 더 나으니까요

할 수 있습니다

우리 한 번 해봐요

추억

나에게 잊지 못할 추억을 만들어준 사람이

추억이 될 줄은 상상도 하지 못했다

사랑과 일상

아침에 일어나 기지개를 켜고
지난밤에는 잘 잤는지를 물어보고
꿈에 네가 나왔다고 말해보기도 하고
뜬금없이 사랑한다고 말하고
밥은 잘 챙겨 먹었는지를 매번 묻고
하루의 끝에선 다시 잘 자라고 말하는 일

그런 일을 언제까지고 계속하면서
함께 늙어갈 수 있는 사람이 있다면
얼마나 좋을까

아이

어른스러운 사람은 다르게 말하면
의젓하게 무언가를 기다릴 줄 아는 사람이다

음식을 기다리는 몇 분
퇴근 시간을 기다리는 몇 시간
주말을 기다리는 며칠처럼
크고 작은 시간들을
버텨낼 줄 아는 사람들 말이다

하지만 약속 장소에서 서성대는 십 분이나
마음을 표현해 주길 기다리는 순간

답장을 기다리는 일 분처럼
사랑에 관한 시간 앞에서만큼은

나이가 얼마나 들었는지와는 상관없이
모두 아이가 된다
사랑에 빠지면 그렇게 된다

선물이라는 마법

한 사람이 다른 누군가에게 무언가를 주면, 준 사람은 가진 게 줄어들고 받은 사람은 가진 게 늘어나는 것이 세상의 당연한 이치이다. 하지만 선물을 주고받는 일만큼은 그런 기본적인 법칙을 완벽하게 무시한다. 주는 사람과 받는 사람 모두가 행복해지기 때문이다. 받는 사람은 상대방이 나를 생각하며 그것을 열심히 고르고 갖고 와 준 것에 감동하고 건넨 사람은 자신의 정성을 알아주고 행복에 겨워하는 그 사람의 표정을 보며 기뻐한다.

과연 선물을 주고받는 일만큼 아름답고 놀라운 일이 또 있을까?

무지개

비가 내리면 많은 것이 불편해집니다
출근길과 퇴근길은 찝찝하고
옷차림은 신경 쓰이고
우산 때문에 가방은 무거워지죠

하지만 비가 내리고 나면
무지개를 볼 수 있습니다
무지개를 보려면 비가 내려야 합니다

세상을 살아가는 것도

날씨와 비슷하지 않을까요

지긋지긋한 나날이

다 지나가고 난 뒤에

더 큰 아름다움이 찾아오니까요

삶에 비가 내리나요?

이제 곧 무지개가 뜰 차례입니다

미워

가까운 사람에게 미워라고 말하는 건
그 사람을 영영 보기 싫어서가 아니라
좋아하는 만큼 서운한 감정이 큰 것뿐이다

서운한 마음을 표현하기에는 부끄럽고
그렇다고 이런 마음을 숨기고 싶지는 않고
사람들은 그럴 때마다 보통 밉다고 표현한다

어쩌면 밉다는 표현은

그 사람이 내게 너무나도 좋은 사람이라서

조금만 더 내 마음을 이해해 주길 바라는 마음으로

표현하는 귀여운 투정이 아닐까

당신은 무엇을 위해

사람들은 힘들 때 버티야 하는 이유를 찾고 싶어 합니다

어떤 사람은 자신이 좋아하는 취미 생활을 하며 이유를 찾고

어떤 사람은 좋아하는 사람을 위해 맛있는 음식을 포장하며 이유를 찾고

어떤 사람은 부양할 가족을 생각하며 이유를 찾습니다

그리고 이유를 찾게 되면 가득 쌓여있던 걱정과 미움 같은 오물들은

금방 샤워를 마치고 난 순간처럼 깨끗이 씻겨 내려갑니다

지금의 삶이 너무 지치고 힘든가요

그렇다면 당신이 그것을 이뤄내는 이유를 한번 생각해 보

시길 바랍니다

당신은 무엇을 위해 그토록 열심히 살아가고 있나요?

여전히

늦은 밤 도로 위를 달리고 있는 차들은

목적지를 바라보며 달리고 있어서

자신이 얼마나 빛나고 있는지 알 수 없다고 합니다

마찬가지로 여러 건물 사이 사이에

아직 꺼지지 않는 불빛이 남아있는 층의 사람들은

자신이 얼마나 빛나고 있는지 알 수 없을 겁니다

목적지에 도착하기 위해서 열심히 달리느라

당신이 얼마나 빛나고 있는 존재인지 몰랐을 겁니다

당신은 태어나는 순간부터 지금까지

여전히 빛나고 있습니다

다퉈야 한다

상처를 주기 위한 다툼이 아니라
상처를 아물게 하기 위한 다툼이어야 한다

멀어지기 위한 다툼이 아니라
가까워지기 위한 다툼이어야 한다

외면하고 싶어서 하는 다툼이 아니라
더 잘 이해하고 싶어서 찾는 다툼이어야 한다

그렇게 다퉈야 한다
사랑을 위해서

눈치

봄이 다가왔음을 아는 데에는
몇 가지 방법이 있다
길가에 핀 꽃을 자세히 보고
확연히 달라진 공기의 온도를 느끼는 것이다
그러기 위해선 자세히 들여다봐야 한다
관심을 가지고 마음을 열고 말이다

어쩌면 행복도
봄 같은 것일지도 모르겠다

이미 바로 앞까지 다가와 있는 것

다만 눈치채지 못하고 있는 것
그래서 애꿎은 먼 곳만 바라보게 만드는 것

그러니 내일은 평소보다 더 많이 웃고
예쁜 것들을 더 많이 눈에 담으며 지내볼까

봄이 다가왔음을 눈치채게 되듯
기분 좋은 설렘을 느낄지도 모르니까

유효기간

아무리 내가 노력해도 어떻게 할 수 없는 것들이 하나씩은 있습니다. 잘 지내던 사람이 하루아침에 나를 등지기도 하고, 나 자신보다 더 사랑했던 사람이 이유도 없이 사라지기도 합니다. 이전에는 그런 일이 있을 때마다 모든 일이 나 때문에 일어난 일이라고 자책하고 슬퍼했습니다. 그런데 한참을 울고불고 그 사람에게 매달려보고 노력해 봐도 그 문제는 제가 해결할 수 있는 것이 아니었습니다. 저의 문제가 아니었으니까요.

모든 관계에는 유효기간이라는 게 있는 것 같습니다. 이제는 누군가 이유 없이 나를 미워하거나 떠나가려고 한다면, 그 관계에 유효기간이 끝났다는 생각을 먼저 합니다. 이유를 찾으려고 애쓰거나 그 사람을 붙잡고 제발 떠나가지 말라며 매달리지도 않습니다. 누군가를 태연하게 보내는 일, 이것을 하기 위해 얼마나 많은 눈물을 흘리고 또 소중한 사람을 잃었는지 모르겠습니다. 이유 없이 나를 떠나가는 사람이 있다면 당신의 잘못을 찾으며 자책하기보단, 관계의 유효기간이 다한 것뿐이라고 태연하게 생각해 보세요.

모든 것이 당신의 잘못이 아닙니다.

그저 관계의 유효기간이 다 된 것뿐이니까요.

행동

가끔은 응원한다는 말이나
괜찮아질 거라는 말이나
네 편이라는 말을 건네는 것보다

말없이 한 번 안아주거나
찻잔이나 술잔을 채워주는 일
작은 행동이나마 보여주는 것이
나를 웃게 할 때가 있다

햇살은 내게 내리고

바람도 내 등을 토닥인다

괜찮다 다 내 편이다

청소하는 날

가끔은 술이나 담배처럼
해로운 것들을 참아내고
자극적인 음식들 대신
건강한 음식들을 먹거나
먹는 양을 조절해 줘야 하는 것처럼
그래야만 더 건강한 몸을 갖게 되는 것처럼

핸드폰을 멀리 두어 고요함을 만들고
누구도 내 주변에 두지 않는 날
내 마음은 어떤지를 잘 살펴보는 날
그렇게 나와 더 친해지는 날

마음을 예쁘게 청소하는 날이

당신에게도 반드시 필요합니다

충분한 세상

삶을 너무 심각하게 살 필요는 없다
매사에 비장하게 임하면
마주하는 일마다 예민하고 피곤해진다

때로는 어느 한 공간에 갇혀 경직되고 쪼그라들게 되기도 한다

그러니 의식적으로라도 가벼워지려고 연습해야 한다

사소한 일에 날카롭게 반응하지 않고
사람들과 섞일 때는 예민하게 행동하지 않고

무겁지 않은 것들은 웃어넘길 줄도 아는 사람이 되어야 한다

우리는 가끔 너무 심각하게 사는 버릇이 있다

가볍게 살아도 충분한 세상에서

미워하지 말자

아무리 미워도 미워하지 말자

겨우 그 정도인 사람 때문에

감정을 소모할 필요 없다

미꾸라지

미꾸라지 한 마리가 사는 강은
아무리 넓고 멋진 강이라도
어떤 식으로 노력해도 물이 맑아질 수 없다

사람이 사는 일도 이와 같다

아무리 주위에 좋은 사람들이 가득해도
해로운 사람이 한 명 존재한다면
나의 기분은 언제나 탁해질 수밖에 없다

좋은 인간관계란

좋은 사람을 곁에 많이 두는 것이 아닌

미꾸라지 같은 해로운 사람을 곁에 두지 않는 것이다

나를 화나게 하는 것에 집착하지 말고
내가 행복할 수 있는 것에 집착할 것

무례한 사람한테는 무례해도 돼

아무리 듣고 싶지 않은 얘기라도

타인의 얘기를 잘 들어주다 보면

어느새 나는 어떤 얘기든 잘 들어주는 사람이 된다

아무 이유 없이 나를 질타하고

충고를 가장한 비난을 섞는 사람들의 말을

순종적으로 들어주다 보면

어느새 나는 어떤 말이든 해도 되는 사람이 된다

듣기 싫다고, 이런 말들은 무례하다고

솔직한 내 마음을 표현하지 않으면

그 누구도 내 마음을 대신 알아주지 않는다

나를 존중하지 않는 사람들을
억지로 배려하고 존중해줄 필요는 없다

무례한 사람들에게 무례해도 된다

절대로 되돌릴 수 없는 것들

1. 지나간 시간
2. 놓쳐버린 기회
3. 내뱉은 말
4. 떠나간 그 사람
5. 함께했던 약속

사람을 공부하는 일

수학이나 과학 같은 것 말고, 사람에 관한 것들을 열심히 배우고 공부한 사람이 좋다. 한 번 보고 말 사람 앞에서도 최선을 다해 예의를 갖추는 사람. 누군가의 고민과 슬픔 속의 사연을 혼자 함부로 단정 짓지 않는 사람. 깔끔하게 축하해주고 깔끔하게 사과할 줄 아는 사람. 화가 나더라도 그 감정을 성숙하게 다룰 줄 아는 사람. 가까운 사람일수록 어느 부분에선 더 조심하는 사람. 그래서 함께하는 사람마저도 좋은 사람이 되고 싶게끔 하는 사람.

미래

'다음엔 어디로 놀러가볼까?'

'내년 여름엔 바다에 갈까?'

'어떤 생일을 보내길 원해?'

미래에 관한 질문이 많은 사람은

그만큼 당신과 오랫동안

함께하고 싶은 사람이다

매 순간 다른 언어로

사랑한다고 말하는 사람이다

안 괜찮아

무조건 괜찮다고 말하지 마세요
괜찮지 않다는 말도 할 줄 알아야 해요

그러니까 괜찮아지고 싶다고
나를 위해 기도해 달라고
나를 안아주고 내 옆에 있어 달라고
말할 수 있는 용기도 있어야 해요

전혀 어린 마음이 아니에요
오히려 어른스러운 거예요

그대로 있어

열심히 살다가 한 번 넘어지면
마치 내가 죄인이 된 것 같은 기분이 들어서
억지로 막 일어서려고 다들 그러잖아

그럴 때는 억지로 일어나려고 애쓰지 말고

귀를 닫고 눈도 감으면서
넘어진 김에 조금 더 쓰러져 있어

그렇게 잠깐 쉬어도 돼

지나간 행복

사람들이 과거를 잊지 못하는 이유는
지난 과거의 나는 언제나 멋지고 행복했던 것 같은데
그에 비해 지금은 너무나도
처참한 신세가 되어버린 것 같아서입니다
그래서 흘러간 세월을 억지로 끄집어내어 털어놓곤 합니다

아직도 과거를 놓아주지 못할 만큼
행복한 일을 찾지 못한 사람들이 있습니다

그 사람들이 잘못했다는 건 아닙니다
누구나 그리운 시절이 있을 테니까요

하지만 시간은 과거에 머무르지 않고
늘 빠르게 흘러갑니다
그런 시간 앞에서 우리가 해야 할 일은
과거의 행복을 억지로 찾아내는 것이 아닌

지금 당장 웃을 수 있는 순간을
한 번이라도 더 만드는 것입니다

누군가에게 아무 이유 없이 선의를 베풀거나
내가 좋아하는 사람을 만나 맛있는 음식을 먹거나
나를 사랑해 주는 사람과 함께 시간을 보내면서요

기다려주는 사람

그런 사람이 있다면 좋겠다

내가 울고 있을 때
쉽게 조언을 건네지 않는 사람
울지 말라고 다그치지 않는 사람
어두운 건 싫다면서 도망가지 않는 사람

그 대신
내가 괜찮아질 때까지
완전히 다 울 수 있도록
아무 말 없이 옆에서 기다려주는 사람

그런 사람이 있다면

아무리 슬퍼도 몇 번을 울어도

씩씩하게 잘 살아갈 수 있을 것 같다

건강한 관계

건강한 관계는 아무것도 하지 않아도 계속 이어지는 관계도 어떤 다툼도 관심도 없이 방치되기만 하는 관계도 아니다. 두 사람 모두가 신경 쓰고 노력하는 관계가 진정으로 건강한 관계다. 버려진 어항에선 그 무엇도 살아남지 못하듯, 자주 물을 갈아주고 곳곳을 꾸며줘야 예쁜 생명들이 오래오래 살아갈 수 있듯, 관계에도 최소한의 노력이 필요하다.

관계에 너무 애쓰지 말라는 말을 믿지 말자. 나와 다른 사람이라는 이유로 관계를 끊어버리거나 조그만 다툼이 있었다고 그를 떠나버리면, 나중에는 누구와도 함께하지 못하게 될 테니까.

좋아하게 된다는 건

누군가에게 잘 보이고 싶은 마음은
사람을 서툴러지게 만든다

별거 아닌 말에도 과하게 반응하고
굳이 하지 않아도 되는 쓸데없는 말을 하고
바보 같은 표정을 지으며
어떻게든 마음을 전하고 싶어 노력하게 된다

당신이 누군가의 앞에서 자꾸 서툴러진다면
애써 부정하고 싶겠지만
이미 마음속 깊숙이 좋아하게 된 걸지도 모른다

당신에게 주어진 봄은 100번도 남지 않았다.

아무 때나 포기하지 말 것
성공에도 때가 있듯이
포기에도 때가 있기 마련이니까

시간이 지날수록 힘든 기억들은 모두 잊히고

좋은 기억만 떠오르게 되는 건

기억이 미화되기 때문입니다

모든 기억은 결국 추억이 되고

사람들은 힘들 때마다 이 작은 추억들을 떠올리며

괴로운 하루를 버티며 살아갑니다

고작 작은 추억 하나를 가지고

나만 이런 삶을 사는 것 같지만

길을 지나가는 사람도, 카페에 앉아 있는 사람도

모두 별다를 것 없이 비슷한 추억을 가지고 살고 있습니다

우리는 모두 이런 추억거리 하나로

삶의 무거운 짐들을 버티며 동행하고 있습니다

4장

하이라이트 같은 삶

삶을 바꾸는 마법 같은 일

예전에는 늘 부정적인 말을 달고 살았다. 무슨 말을 해도 대부분 다 부정적인 말이었다. 어느날 연인을 만나서 데이트를 하는데 습관적으로 계속 안 좋은 얘기만 하는 내 모습이 느껴졌다. 계속 그런 이야기를 하니 연인도 기분이 나빠졌고 결국 우리는 다퉜다. 그 자리에서 사과하긴 했지만 말을 꺼낼 때마다 실수하게 될까 봐 최대한 조심히 말하게 되었다. 그런 사건이 지나고 나서 얼마 지나지 않아 내가 하는 언어의 습관을 되돌아보았다. 입에서 나오는 대부분 말들은 부정적인 것으로 가득했고, 긍정적인 단어는 하나도 존재하지 않았다.

그 이후 나는 친구들을 만날 때도 혹은 연인을 만날 때도 최대한 말을 조심히 하는 버릇을 들이기 시작했다. 처음에는 모두 오글거리고 왜 그러냐고 말했지만, 포기하지 않고 꾸준히 하다 보니 친구들도 이해하기 시작했다. 안 좋은 말을 줄이고 나서는 칭찬하는 버릇을 들였다. 별일이 아니더라도 누군가에게 선행을 베풀거나, 좋은 일이 있거나 했을 때 누구든 아끼지 않고 칭찬을 쏟아부었다.

그리고 내가 내뱉은 칭찬은 시간이 지나 나에게로 다시 돌아왔다. 내가 그리 대단한 일을 하지 않았음에도 주변 사람들이 나를 인정해 주고 칭찬해 주었으며, 긍정적인 말을 습관처럼 하다 보니 표정도 이전에 비해 한결 밝아졌다는 말을 많이 들었다.

철이 없던 시절, 내가 하는 말과 행동이 내 인생에 크게 영향을 준다는 것을 제대로 알지 못했다. 하지만 이제는 정말 많은 것을 느끼고 배웠으니 안다. 욕을 많이 하면 진짜 욕이 나오는 상황들이 많이 생긴다는 것을. 다른 사람을 칭찬하고 격려하다 보면 나에게도 칭찬과 격려가 되돌아온다는 것을. 우리가 일상에 쓰이는 언어와 행동이 커다란 삶의 방향을 바꿔준다는 것을 말이다. 내가 쓰는 말투만 바꿔도 인생이 달라진다.

허수아비

낡아버린 옷과 축 처진 어깨

볼품없는 몸매와 덥수룩하게 자란 수염들

무엇하나 제대로 꾸며진 것은 없지만

언제나 묵묵히 그 자리에 있다는 이유 하나만으로

고마운 존재가 있다

별거 아니야

어떤 일을 할 때 나의 한계를 정해두고 일한다면
그 한계점에 도달하면 더 이상 아무것도 할 수 없게 돼
하지만 그럴 때마다 한계를 정해두지 않고
이런 일은 별거 아니라고 생각하고 하다 보면
정말 그 일이 별거 아닌 것처럼 흘러갈 때가 있어

그러니까 무언가 막히는 일이 있다면
나는 여기까지밖에 할 수 없다고 말하기보단

이 일도 별거 아닌 것처럼 해낼 수 있다고

스스로에게 말해줘

그러다 보면 정말 아무렇지 않게 해낼 수 있을 테니까

걱정

시간이 너무 늦었으니

오늘 할 고민도 이미 충분히 했으니

더 이상 고민하지 말고 편안하게 잠들어요

어제도 그랬고 오늘도 그랬던 것처럼

걱정했던 것보다 훨씬 잘하고 있으니까요

걱정했던 일들이 무색할 만큼 잘될 거예요

뭐든 결국 해내는 당신이니까요

변화

예전에는 모든 순간에

좋은 일만 있기를 간절히 바랐었는데

요즘은 모든 순간이

아무 일도 없이 흘러가기를 간절히 바란다

삶에 행복하고 좋은 순간이 없어도 좋으니

아프지 않고 별 탈 없이 그저 그렇게 흘러가기를

오늘도 간절히 바라본다

눈물

사람들이 나이가 들수록 잘 울지 않는 건

슬픔이라는 감정이 점점 무뎌져서가 아니다
힘든 일이 하나도 없어서가 아니다

슬픈 감정 하나 제대로 이겨내지 못하는
자신이 너무 못나 보이기 때문이다
아주 작은 일에 눈물을 보이기 시작하면
세상에 해낼 수 있는 일들은
아무것도 없다는 걸 알고 있으니까

그래서 다들 당장 울고 싶지만 약해지고 싶지 않아서

억지로 눈물을 삼키고 하루를 보내는 것이다

나무라지 말아요

주변에 슬퍼하고 있는 사람이 보인다면
위로는 해주지 못하더라도
그 사람을 너무 나무라지 말아요

분명 정말 잘 지내고 싶어서
어떻게든 안간힘을 쓰며 버티고 버티다가
도저히 못 버텨서 쓰러진 것뿐이니까요

그 사람이 못나서 그런 것도 아니고
그 사람의 능력이 부족해서 그런 것도 아니고
그 사람이 마음이 약해서 그런 것도 아니고

최선을 다하다가 발을 잘못 디뎌서 넘어진 것뿐이에요

하고 싶은 말이 산 같이 쌓였어도
꼭 참을 때 나는 “그냥”이라고 한다

정이 많은 사람

거절을 잘하지 못하는 사람이 있다. 상대방의 말을 잘 들어주며 인연을 소중하게 생각해서 신중하게 대하는 사람들. 그런 사람들은 정이 많다. 눈치가 빠르고 감성적이며 받는 것보다는 주는 것에서 더 큰 기쁨을 얻는다. 아무리 작은 일이라도 진심을 다한다. 그게 일이든 인간관계든 말이다. 처음에는 경계하더라도 누군가와 친해지면 바보 같다 싶을 정도로 베풀고 헌신한다. 자신이 아끼는 사람의 범위에 들어오면 모든 걸 다 퍼준다. 하지만 그런 사람들이 오히려 냉철해지는 순간이 있다. 그건 바로 누군가와의 관계를 끝낼 때다. 한두 번 상처를 받았을 땐 그러려니 하면서 넘어가다가도 더는 참을 수 없는 지경까지 되면 한 번에 떠난다. 누가 보면 모질다고 할 정도로 말이다. 그동안 자신이 얼마나 최선을 다했는지 알기 때문에 별 미련이 남지 않는다. 정이 많은 사람들이 오히려 떠날 땐 칼 같다.

하늘을 봐

지금 잠깐 하던 일을 멈추고

창문을 열고 하늘 위를 바라봐

이왕이면 좋아하는 노래도 틀고

그렇게 잠깐만 있어 봐

어때?

우울하던 기분이 조금은

괜찮아진 것 같지 않아?

기분이 나아지는 거 생각보다 쉽지?

그러니까 너무 어렵게 생각하지 마

늘 너의 주위에는 행복이 머물러 있어

이별 생각

가끔은 이별을 생각해야 한다. 그 사람이 없는 나는 얼마나 슬프고 힘들지를 생각해야 한다. 사람은 누군가와의 사랑을 끝마치고 나서야 그게 사랑이었음을 뒤늦게 깨닫기 때문이다. 그 사람이 없어서 외롭고 아파봐야만 사랑이었음을 알기 때문이다. 그러니 헤어짐을 원치 않는다면, 오래오래 그 사람과 행복하기를 꿈꾼다면, 고통스럽더라도 이별하고 났을 때를 생각해 봐야 한다. 사랑은 사랑할 때는 사랑인 줄 모른다.

미루지 않기

누군가의 말과 행동 앞에서 '다음에, 다음에'만을 외치다 뒤늦게 그것에 집중한다 한들 이미 그의 마음은 싸늘하게 식어버리고 만다. 하지만 그가 좋다고 말한 영화를 얼른 보고 함께 대화해본다든가, 가고 싶다고 말한 곳에 당장 가보자고 대답한다든가, 힘들다는 말에 부리나케 그 사람이 있는 곳으로 달려가면, 그 사람은 눈물이 날 만큼 무한한 감사와 애정을 내게 품기 시작한다. 관계에 있어서 가장 중요한 것은 그게 무엇이든 간에 미루지 않는 것이다.

생각나는 사람

좋은 일이 있을 때마다 축하해주고
즐거운 순간들을 함께하고 싶은 사람도
다 좋겠지만

내가 정말 좋아하는 사람들에게는
힘들 때마다 생각나는 사람
울고 싶을 때마다 생각나는 사람이
되어주고 싶다

함께 웃는 일은 누구라도 하겠지만
함께 우는 일은 순수한 사랑과

많은 힘이 필요한 일이기 때문이다

예쁘기만 한 한낮보단
밤이 지난 뒤의 아침이 좋다

나는 당신과 밤을
함께 견뎌주는 사람이고 싶다

확인

'이렇게 그 사람을 이해하려 애쓴 적이
전에 과연 몇 번이나 더 있었을까?'

'내가 그 사람에게 그런 것처럼
그 사람도 날 위해 많은 걸 포기하고 있나?'

자꾸만 혼잣말하게 된다면
한번 깊이 생각해 보세요

이 관계가 건강한 관계인지

나만 놓으면 끝나는 관계는 아닐지

그 사람을 좋아한다는 이유로

내게는 무심한 게 아니었는지

인연

아무리 오래 걸려도

만날 인연은 반드시 만나게 되어있대

그러니까 외롭다고 아무나 만나지 말고

평생 못 만난다며 너무 걱정하지마

나중에는 이 사람을 만나기 위해서

그동안 아팠나 보다 싶을 정도로

정말 좋은 사람을 만나게 될 테니까

시간이 모든 것을 해결해주지는 않는다

시간이 지나 성숙해진

내 자신이 이겨내는 것일 뿐

정답

새로운 사람을 만나고 그 사람과 친해지기까지

그리 긴 시간이 걸리지 않는다

문제는 그렇게 가까워진 사람과

친밀한 사이를 유지하다 보면

몰랐던 모습을 알게 되고 의견이 맞지 않을 때가 생긴다

관계에 빨간불이 켜질 때마다

사람들은 어떤 문제로 인해서 이런 일이 일어나는지

뭐 때문에 자꾸 다투게 되는지 고민한다

사실 그것에 대한 정답은 너무나도 간단하다
그동안 서로 너무나도 다른 삶을 살아왔기 때문이다

그러므로 서로 생각하는 방향도
이해하는 방향도 다른 것이다

그 사람이 틀린 게 아니라
우리가 다른 거라고 생각하고 그 사람을 대해보자
그러면 그 관계에 정답이 하나둘씩 보이기 시작할 것이다

행복한 관계 맺으며 살아가는 법

가장 먼저
누군가는 나를 싫어한다는 걸
깔끔하게 인정해 주기

그리고
나를 싫어하는 사람보다
나를 좋아해 주는 사람이
훨씬 더 많음을 기억하기

타인의 관심만큼

나의 마음 역시 유한하고 소중하니

좋아하는 사람에게만 좋은 사람이 되어주는

똑똑한 사람이 되어가기

굳이

'굳이'를 사랑하는 사람을 사랑하세요. 굳이 무언가를 바리바리 싸 들고 와서 내게 건넨다는 건 무엇을 보든 나부터 떠올리곤 했다는 뜻. 말로 해도 될 것을 굳이 편지로 써서 전한다는 건 영원히 간직되었으면 하는 마음을 품고 있다는 뜻. 시간이 날 때만 연락하고 나를 보러 오는 게 아니라 시간을 만들어서 나를 찾는다는 건, 아무리 바쁘고 중요한 게 많아도 늘 나부터 사랑할 준비가 되어 있다는 뜻이니까요.

눈물나는 말들

"지금 마음은 좀 어때?"

"고생 많았겠네. 수고했어."

가끔은 대단한 행동이나 선물보다

그런 말들이 더 눈물겨울 때가 있다

내 주변의 것들이 아니라

나라는 사람과 내 마음부터

생각해 주는 것 같은 말들

깍지 끼기

나는 고작 이것밖에 안 되는 사람인데, 왜 이렇게 좋은 사람이 내 곁에 있는 거지? 라고 의아해하거나 그 사람이 떠날 것을 매일 걱정하기보단, 내 곁에 그런 선물 같은 사람이 왔음을 고마워해야 한다. 그리고 나도 그만큼 좋은 사람이 되어 그 사람에게도 선물이 되어 다가갈 수 있도록 애써야 한다. 아무리 예쁜 손이 다가와도 가만히만 있으면 관계는 이어지지 않으니, 이쪽에서도 손을 뻗어 깍지를 끼고 그렇게 언제까지라도 함께 나아가야 한다.

외로움의 얼굴

누군가와 함께하기 시작하면
외로움이 줄어들어서 좋기도 하지만

그렇다고 외롭다는 이유만으로
누군가와 함께하려 애쓰면 안 된다

외로움은 얼굴을 바꾸기를 좋아해서
익숙해진 얼굴 앞에선 따분함으로
매정한 얼굴 앞에선 비굴함으로
무심한 얼굴 앞에선 집착으로 변하며
스스로를 갉아먹게끔 하기 때문이다

나를 타인이 없는 나로는 살아갈 수 없는

위태로운 사람으로 만들기 때문이다

후회

지난날 나의 결정을 후회하지 마세요

지금은 더 좋은 선택이 있었을지 몰라도
그때 나에게 주어진 최선의 선택은
그것뿐이었을지도 모르니까요

그 당시의 이유와 상황은 기억나지 않아도
내가 선택하고 걸어온 길이잖아요
그러니 과거의 나를 믿고 열심히 살아 봐요

당신의 선택은 틀리지 않았습니다

하이라이트

오늘 하루에 최선을 다한다고 해서
더 나은 내일이 찾아오는 것은 아니겠지만
매일 최선을 다하며 살아야 하는 이유는
최선을 다한 하루가 쌓이고 쌓이면
거대한 좋은 삶이 되기 때문이다

좋은 삶이란 부와 명예가 가득한 삶이 아니라
최선의 순간들로 가득 이루어진 하이라이트 같은 삶이다

바람

유독 마음이 심란한 날이었다

정처 없이 거리를 걷고 있는데
어디선가 바람이 강하게 불어왔다

흔들리지 않을 것 같던 커다란 나무도 흔들리고

커다란 간판들도 조금씩 바람에 흔들렸다

세상에서 쉽게 흔들리는 건
나밖에 없다고 생각했는데
그건 나의 오만한 착각이었다

간판도 나무도 사람도
다 흔들리면서 산다

반복하지 않아야 할 것

너무 많은 사람을 믿은 것과

아끼지 않고 사랑에 정성을 쏟아 부었던 것

들리는 대로 말들을 모두 믿은 것과

아무 욕심 없이 최선을 다했던 것

과할 정도로 타인의 눈치를 많이 본 것과

아닌 걸 알면서도 상대를 포용했던 것

한 걸음, 한 걸음
당신이 준비한 노력이
꽃이 가득한 길로 거듭났으면
좋겠어요

세잎클로버

모든 사람이 알고 있듯이
네잎클로버의 꽃말은 행운이다

그래서 사람들은 행운을 얻고 싶은 마음에
수많은 세잎클로버를 짓밟는다고 한다
하지만 많은 사람이 모르고 있는 게 있다

사실, 세잎클로버의 꽃말은 행복이다

사람들은 행운을 위해 수많은 행복을 짓밟는 것이다
한 번쯤은 이런 생각을 해봤으면 좋겠다

한 번의 행운을 얻기 위해서

우리 주위에 존재하는 수많은 행복을

놓치고 사는 건 아닌지

회상

다시 그 시절로 돌아갈 수는 없지만
서로를 너무 미워하지는 말자

지나간 추억들을 떠올렸을 땐
고마운 추억이라며 웃을 수 있도록

한 번씩 서로의 앞날을 응원해 주기도 하자

그저 가끔 코끝이 찡해지는 날이 오면
이불을 꽉 쥐어짜며 그땐 그랬었다며

허탈한 표정을 지으며 회상하기로 하자

공감

아무리 공감을 잘하는 사람도
그 일을 전부 겪어보지 못한다면
모든 마음을 헤아릴 수 없습니다

그러므로 상대방의 아픔을 이해하고

위로를 건넬 수 있는 사람은
공감 능력이 뛰어난 사람이 아니라
계속 관심을 가져주는 사람입니다

상대방의 입장이 되어보려고

진심으로 노력하고

상대방의 마음을 헤아리려고

진심으로 귀 기울이는 사람입니다

아픔을 이해하고 다정한 위로를 건네는 것은

그만큼이나 사랑해야만 가능한 일입니다

행복

행복하자

그러지 않을 이유가 없다

햇살 좋은 오후의 따스한 빛

소중한 이와 나누는 평범한 대화

우리가 사랑하는 것을 할 때

모든 순간 행복은 우리 곁에 있다

아무리 힘든 일이 있어도

결국 이겨내면 그만이고

아무리 힘든 다툼이 있어도
결국 서로를 더 깊이 이해하게 된다

우리가 행복해지기로 결심한다면
그 어떤 것도 우리를 막을 수 없다

그러니 행복해지자
바로, 지금 이 순간

선택

그런 사람들이 있어요

삶의 굴레를

벗어난 것처럼 보이는 사람들

많은 사람이 학교에 다닐 때

혼자 꿈을 찾겠다며 방황하고

많은 사람이 직장에 다닐 때

마음이 지쳤다며 혼자 쉴 수도 있죠

관광지 같은 여행지보다

사람 냄새 물씬 나는 동네를

더 좋아할 수도 있죠

그럴 때마다 그런 생각을 할 거예요

내가 너무 이상한 사람인가?

절대 그렇지 않아요

그동안 해온 건

사람들과 다른 선택이었지

틀린 선택은 아니었으니까요

찻잔

함께 있으면

나를 계속 힘들게 하는

사람이 있다

내가 더 맞춰주면 되겠지

시간이 지나면 괜찮아지겠지 했지만

아무리 시간이 지나도

같이 있으면 눈치가 보이고

떨어지면 불안했다

이건 아닌 것 같다는 생각이 들어도

계속 버티고 또 버텼다
하지만 더는 어떻게 할 수 없을 만큼
지치고 나서야 깨닫는다

나를 아프게 하는 사람이었구나
데이는 줄도 모르고
놓지 못하고 있었구나

그런 사람을 놓는 방법은
생각보다 간단하다
손에 든 찻잔이 뜨거우면
그냥 놓으면 되는 것처럼
그냥 놓아버리면 된다

눈 딱 감고

시절 인연

아무리 거부해도 인연이 만들어지고
아무리 인연을 맺으려 애써도
인연을 맺을 수 없을 때가 있다

그 사람과는 인연이 아니었다는 말로
스쳐 지나가는 사람을 이해하게 되고
그 사람과의 인연은 딱 거기까지였다는 말로
지나간 옛사랑을 정리하기도 한다

모든 것은 시기가 되어야 인연이 이어진다
그것을 시절 인연이라고 부른다

내가 아무리 노력해도
안 될 관계는 안 되는 것이고
내가 노력하지 않아도
될 관계는 되는 것이다

그러니 너무 애쓰지 말기를
관계에 최선을 다했다면
그것으로 충분하다

조금은 가볍게
관계의 끈을 조금은 느슨하게 두어도 괜찮다

내일부터 행복할 예정입니다

초판 1쇄 발행 • 2024년 3월 20일

지은이 • 도기
마케팅 • 강진석
디자인 • 유서희
펴낸곳 • 히읏
제작처 • 책과 6펜스
출판등록 • 2020년 4월 28일 제 2020-000109호
전자우편 • heeeutbooks@naver.com

ISBN • 979-11-92559-82-7